D1104750

Jean-Pierre Gagnon

Un Dernier Été

Éditions de la Paix

Gouvernement du Québec

Programme de crédit d'impôt pour l'édition de livres

Gestion SODEC

Nous remercions le Conseil des Arts du Canada de l'aide

accordée à notre programme de publication.

Nous reconnaissons l'aide financière du gouvernement
du Canada par l'entremise du Programme d'aide

au développement de l'industrie de l'édition (PADIÉ)

pour nos activités d'édition.

Jean-Pierre Gagnon

Un Dernier Été

Illustration Vincent Gagnon

Collection Dès 9 ans, no 50

Éditions de la Paix

pour la beauté des mots et des différences

© 2005 Éditions de la Paix

Dépôt légal 1er trimestre 2005
Bibliothèque nationale du Québec
Bibliothèque nationale du Canada

Imprimé au Canada

Illustration	Vincent Gagnon
Graphisme	Vincent Gagnon
Révision	Élise Bouthillier

Éditions de la Paix
127, rue Lussier
Saint-Alphonse-de-Granby
Québec J0E 2A0
Téléphone et télécopieur (450) 375-4765
Courriel info@editpaix.qc.ca
Site WEB http://www.editpaix.qc.ca

**Données de catalogage avant publication
(Canada)**

Gagnon, Jean-Pierre, 1946-

Un Dernier Été

(Dès 9 ans ; no 50)

Comprend un index

ISBN 2-89599-022-0

I. Gagnon, Vincent . II. Titre. III. Titre. Collection.

PS8563.A329D47 2005   jC843'.54   C2005-940281-4
PS9563.A329D47 2005

À mes chers enfants
Julien
Marie
et Geneviève

Du même auteur
aux Éditions de la Paix
collection Ados/Adultes

Don Quichotte Robidoux

Chapitre premier

EN ROUTE !

Montréal, 2 juillet 1957. Mon père m'invite à m'asseoir sur un long banc de bois vernis de la vaste gare centrale.

— Surveille tes bagages pendant que je vais acheter ton *ticket*.

Les voyageurs vont et viennent en traînant de lourdes valises, des malles imposantes, des sacs et des paquets de toutes sortes. Deux amoureux s'embrassent, se disent au revoir ; des enfants pleurent, d'autres courent ; de vieux couples attendent, assis sur un banc, le regard indifférent.

En face de moi, se trouve le kiosque d'un marchand de journaux. Mon père a acheté mon billet. Il se dirige vers les étalages de bandes dessinées. Il connaît mes goûts : *Spirou, Tarzan, Le Fantôme*.

C'est la première fois que je pars seul en train. Les années précédentes, nous allions à Saint-Paul-de-la-Croix en famille.

Mon père vient me rejoindre sur le banc.

— V'là ton *ticket*, des *comics* et deux tablettes de chocolat.

— Merci !

— J'te regarde, et tu me fais penser à moi, à ton âge : moi aussi, à onze ans, j'partais seul pour le Bas-Saint-Laurent.

C'est ton grand-père qui venait m'chercher à la gare de l'Isle-Verte avec son *boghei* tiré par la belle jument Rougette.

Le ton de mon père est nostalgique. Comme il doit être déçu de ne pouvoir aller visiter la parenté, cet été, à Saint-Paul. Mais le patron de l'usine d'embouteillage où il travaille a été catégorique :

— Tu prendras tes vacances à l'automne, Gagnon ! Trop d'ouvrage. On fournit pas. Ça te fait rien, hein ?

Mon père a évidemment répondu que ça ne le dérangeait pas... Il tenait à garder son emploi. Ma mère a été très peinée. Mon frère, moins, car il n'apprécie pas tellement la campagne. Les ruelles, les fonds de cour, les parcs publics lui suffisent.

Papa regarde sa montre.

— Onze heures et demi, le train part dans une demi-heure. J'vais aller t'aider à t'installer dans un wagon.

— J'vais arriver à quelle heure à l'Isle-Verte, déjà ?

— Tu devrais être là autour de huit heures ce soir. T'inquiète surtout pas ! Tu sais que ton oncle Salomon va t'attendre à la gare.

Nous prenons les bagages et nous nous rendons à l'escalier numéro 12. Mon père obtient d'un préposé la permission de descendre avec moi jusqu'au train. Nous grimpons ensuite dans un wagon et choisissons une banquette. Mon père range ma valise sur le porte-bagages situé juste au-dessus de mon siège.

— Oublie pas ton lunch. Ta mère t'a préparé de quoi manger pour une semaine.

— J'vais t'écrire, papa.

— Profite de tes vacances. Tu salue-
ras tout le monde là-bas. Tu penseras à
remettre l'enveloppe qui est dans ta valise à ton oncle, c'est très important.

Il met la main dans sa poche et sort
son portefeuille. Il me tend deux billets de
vingt dollars.

— Tiens, j'ai économisé cet argent
pour toi. Gaspille-le pas !

Jamais je n'ai eu autant d'argent en
ma possession. Je sais que papa ne
gagne pas une fortune à l'usine d'embouteillage. Ça n'a sûrement pas été facile de
mettre quarante dollars de côté, seulement pour moi.

Après avoir fait ses dernières recom-
mandations, papa quitte le wagon. Je le
salue derrière la large fenêtre. Je suis
ému. Deux mois sans voir ma famille...

Afin de chasser ma tristesse, je m'efforce de penser à ceux qui m'attendent à Saint-Paul-de-la-Croix.

***

La cheminée de la locomotive crache un long panache de fumée. Le train a négocié une courbe, ce qui me permet d'observer la série de wagons. Sur la banquette devant moi, une mère n'arrête pas de gaver ses enfants d'une multitude de bonbons, de friandises en forme de tuque, de fraise, de banane et d'animaux de toutes sortes.

Son garçon doit avoir environ cinq ans. Il est gras, joufflu, et ses yeux se perdent dans une figure ronde comme une lune. Il avale, les uns après les autres, les bonbons que sa mère ne cesse de déposer dans sa bouche. Sa sœur, plus jeune, est aussi boulotte. Elle ingurgite les faux fruits à une vitesse vertigineuse. Le spectacle de gavage m'écœure. Les deux enfants n'ont pas dit un seul mot depuis

notre départ de Montréal. Seule leur maman parle :

— Mange, Paulo ! Bave pas comme ça, Toinette, c'est pas poli ! Prends celui-là, y'é tout rouge, y doit goûter la framboise. Après ce sac, môman a d'la bonne réglisse, d'la noire pis d'la rouge.

Paulo et Toinette avalent, gobent, s'empiffrent à n'en plus finir. Je n'en reviens pas. La dame m'offre un bout de réglisse que je m'empresse de refuser. Je sors une pomme du sac à lunch que maman m'a préparé. La mère des deux malheureux enfants me regarde avec dédain. Mon refus et la pomme l'ont offusquée.

J'observe Paulo. Il n'a pas l'air bien. Sa figure est blanche comme neige. Je crois que les bonbons commencent à danser la samba dans son estomac.

— Môman, j'ai mal au cœur !

C'était inévitable. Sa mère s'énerve.

— Vite, à la toilette !

Elle me lance, sans ménagement :

— Surveille ma Toinette !

Je n'ai pas vraiment le choix. La dame attrape son fils par la main et l'entraîne à l'extrémité du wagon. Toinette prend le sac de réglisses que sa maman a abandonné sur la banquette. Au bout de quelques instants, le sac est vide. Je ne serais pas surpris qu'elle aille bientôt rejoindre son frère.

Paulo et sa mère reviennent s'asseoir devant moi. Le pauvre enfant n'en mène pas large. Il finit par s'endormir, la tête posée sur l'épaule de sa tendre môman qui a tôt fait de le suivre au pays des rêves. Toinette, silencieuse, tient le coup. Elle lutte pendant de longues minutes contre le sommeil. Pourvu qu'elle ne soit pas malade ! Quelle catastrophe ce serait ! Heureusement, elle s'endort à son tour. Ouf ! enfin, la paix.

***

Je regarde par la fenêtre. Nous arrivons à Lévis. J'admire le majestueux Château Frontenac qui surplombe le fleuve, la vieille ville et l'impressionnant cap Diamant. Le train ralentit puis s'arrête. Papa m'a informé qu'il sera immobilisé ainsi pendant une vingtaine de minutes. Cela me donne assez de temps pour aller me délasser les jambes.

Je descends sur le quai de la gare. Je suis heureux de me libérer des ronflements exaspérants de la « famille bonbons ».

Je flâne. Les voyageurs sont heureux. Je suis loin de Montréal, loin de Jacques, mon frère. Je vois des travailleurs qui s'affairent autour de la locomotive. Tiens, voilà la « famille bonbons » qui descend du wagon. Un homme s'approche et s'occupe de leurs valises. Me voilà débarrassé de ces avaleurs de sucreries. Paulo et Toinette promènent avec frénésie leur langue sur des sucettes en sucre d'orge qui ont la forme de lapins idiots. Je décide de retourner à ma place dans le train.

***

Villages, forêts, terres agricoles, vaches, chevaux, moutons défilent inlassablement sous mes yeux. J'ai terminé la lecture de mes bandes dessinées. J'imagine Tarzan, non pas dans la jungle, mais dans la forêt québécoise avec les orignaux, les chevreuils et les carcajous. Je me demande comment mon héros se débrouillerait avec les phoques gris, les baleines bleues et les bélugas s'il s'avisait de traverser le fleuve à la nage. Mon imagination vagabonde, s'en donne à cœur joie.

Je pense maintenant à mon oncle Salomon, à mes cousins, Émile et Mathieu, à mes cousines, Marie, à ma tante Dédette, à la petite Carméla et Pierrette. Émile ?... Papa m'a dit qu'il était très malade. Un cancer. Il ne s'en sortira pas. Son dernier été, c'est l'ultime occasion de se rencontrer, lui et moi.

Celui qu'on a l'habitude d'appeler « le conducteur » du train, brise ma réflexion.

— Rivière-du-Loup ! Prochain arrêt, Rivière-du-Loup ! Préparez vos *tickets* ! Vos bagages !

Rivière-du-Loup... Ma tante Dédette m'a déjà expliqué cette appellation. Trois légendes populaires seraient à l'origine du nom de cette ville. L'une d'elle raconte qu'une tribu amérindienne nommée Les Loups avait l'habitude de séjourner à cet endroit. Une seconde légende précise qu'un navire français, appelé *Le Loup* aurait été contraint de passer l'hiver à l'embouchure de la rivière. Enfin, la troisième rapporte que les loups-marins abondaient autrefois aux abords de la rivière.

Je ne suis pas très loin : Saint-Arsène puis l'Isle-Verte. Je me lève afin de tirer ma valise du porte-bagages et la déposer par terre, à côté de la banquette. Je me sens fébrile, nerveux. Ma montre indique 19 h 30. Je vérifie dans ma poche si j'ai bien les quarante dollars que mon père m'a remis ce midi à Montréal. Les dernières minutes de mon voyage me semblent interminables. Le train s'arrête à Saint-Arsène afin de permettre à un couple de gens âgés de débarquer. Le vieux et la vieille attendent ensuite sur le quai, immobiles, deux immenses valises posées près d'eux. Quelqu'un doit venir les chercher. Je distingue sur leur figure de l'inquiétude. Le train démarre. Je ne saurai jamais ce qu'il est advenu de ces deux voyageurs.

La locomotive siffle. Je m'amuse à penser que c'est pour annoncer mon arrivée à mon oncle. Je sais bien qu'il n'en est rien, mais mon imagination adore échafauder ainsi toutes sortes de scénarios invraisemblables.

— Tu es un grand rêveur ! me dit souvent maman. C'est à cause de tous ces livres que tu dévores.

— Laisse-le rêver ! réplique toujours mon père. La vie serait bien monotone sans les rêves.

***

Oncle Salomon et Mathieu viennent à ma rencontre, tout souriants.

— Salut, Jean-Pierre ! lance mon cousin. T'as fait un bon voyage ?

— J'avais hâte d'arriver !

Mon oncle met la main sur mon épaule.

— Te v'là rendu un homme !

Il me serre la main.

— Sauf que tes mains sont trop douces. On va s'occuper de ça.

Mathieu soulève ma valise et va la mettre dans le coffre de la Pontiac noire. Nous nous installons dans la voiture. Je m'assois en avant, à côté du chauffeur.

— Y'a un peu d'poussière dans l'char. J'ai transporté trois poches de moulée pour les cochons, après-midi, me dit mon oncle pour s'excuser.

— C'est pas grave, faites-vous-en pas avec ça.

— Ça tache pas, renchérit Mathieu.

Je m'informe de la santé d'Émile, de tante Dédette et de mes cousines.

— Ta tante a hâte en maudit de t'voir ! Prépare-toi à une embrassade féroce. Tu sais comment elle est. La plus grosse embrasseuse de Saint-Paul-de-la-Croix.

J'éclate de rire. Mon oncle a raison. Ma tante adore embrasser tous les gens qu'elle aime. Mais ce qui est le plus incroyable, c'est qu'elle peut aussi bien bécoter son chien, ses chats, une grenouille qu'elle a attrapée, un crapaud ou ses lapins. Son amour pour les animaux est prodigieux. Elle répète souvent : *Un lapin vaut bien un humain !*

L'auto fonce dans le rang. Un soleil orangé descend au loin et caresse les immenses champs, les arbres, les rares maisons et les bâtiments. Ma joie est totale. L'air frais de la campagne me grise. Adieu ruelles, usines, parcs tristes, boulevards bruyants ! À moi, jeux endiablés, cueillettes de fruits sauvages et parties de pêche ! Je suis chez moi au pays des oiseaux, des fleurs, des papillons et des marmottes.

Mathieu qui est assis sur la banquette arrière me touche l'épaule.

— Marie a préparé du sucre à la crème spécialement pour ton arrivée.

Marie ! Plus belle que la blonde de Tarzan dans mes bandes dessinées. Je crois qu'elle a douze ans maintenant...

Pendant que nous roulons, l'obscurité s'étire, s'étend peu à peu paresseusement. Elle éteint un à un les rayons du soleil afin de faire place à la luminosité des étoiles. Je me souviens, l'été dernier, de mon émerveillement à la vue des aurores boréales, deux « i » dansaient dans le ciel de Saint-Paul. En reverrai-je pendant mes vacances ?

Nous arrivons. Deux ampoules éclairent la façade de la vieille maison de bois.

Mon oncle gare l'auto tout près de la galerie. J'entends les jappements d'un chien. Ça doit être Boule. Tante Dédette, Pierrette et Marie sortent. Boule m'a reconnu. Il me lèche les mains, pose deux grosses pattes sur mon ventre. Je cours embrasser ma tante. Elle me serre si fort dans ses bras que j'ai de la difficulté à respirer.

— Mon grand, j'suis si heureuse !

J'ai le droit à un million de baisers pleins d'amour. Après avoir réussi à me dégager en douceur, j'embrasse Pierrette, puis la merveilleuse Marie... Elle est encore plus belle que l'été dernier. Carméla doit dormir en haut.

— Je... je... suis si content de... de...

L'émotion me brise la voix.

— Rentre dans la maison, intervient Mathieu. J'm'occupe de tes bagages.

Je reconnais l'odeur particulière de la maison. Ça sent le bois brûlé. La vaste cuisine est peinte en bleu. Tout au fond de la pièce, il y a le poêle à bois. Mon regard se promène. Sur un mur est accrochée une croix de bois. Sur un autre, sont suspendus des images pieuses et un calendrier.

Soudain, une faible voix sort de la chambre qui donne sur la cuisine :

— Jean-Pierre ! Jean-Pierre ! Viens m'voir !

C'est Émile. Les rires, les élans de joie de tantôt font alors place à une évidente tristesse que je lis sur les visages qui m'entourent. Mon oncle me chuchote à l'oreille :

— Va l'voir. Sois pas surpris, Émile est pas mal magané. Fais semblant de rien.

Je me dirige vers la chambre. Marie et Pierrette nous quittent pour aller se préparer pour la nuit. Mathieu monte mes bagages à l'étage. Oncle Salomon et tante Dédette vont s'asseoir dans des chaises berçantes. Tout le monde a oublié les morceaux de sucre à la crème placés sur la table dans une jolie assiette en porcelaine.

— Jean-Pierre ! Qu'est-ce que t'attends ? Es-tu là ?

Je pense à ce que papa m'a dit : Son dernier été... Il ne s'en sortira pas... Un cancer...

Le plancher craque sous le mouvement des berçantes. Émile est étendu sur son lit dans la pénombre. Je m'approche. En apercevant la silhouette émaciée de mon cousin, une tristesse infinie m'envahit…

***

Je suis étendu sur un lit étroit dont les draps sentent la naphtaline. Afin de chasser l'image effrayante du corps ravagé d'Émile qui rôde dans mon cerveau, je m'efforce de penser à Marie. Je m'évade dans une sorte de paradis dont elle et moi sommes les seuls habitants. J'imagine des champs à perte de vue où poussent des fleurs magnifiques. Ma cousine m'attrape par la main et m'entraîne dans une course folle enveloppée de rires et de cris joyeux.

Soudain, une phrase blessante brise mon rêve éveillé : *Gagnon, t'es pas l'genre à plaire aux filles ! T'es toujours plongé dans les livres et t'écoutes Mozart.*

C'est la voix du grand Bob Lamothe, le gars le plus idiot de ma classe, qui s'amuse à m'énerver.

Heureusement, j'arrive à faire taire ce chameau et je replonge dans mon univers. Marie est de retour dans ma tête. Nous nous étendons sur un tapis de fleurs. Les doux parfums de l'été nous soûlent de bonheur.

Je ne sais pas encore que la nuit sera longue...

CHAPITRE 2

ÉMILE

Les gémissements d'Émile, les pleurs de Pierrette et de tante Dédette, en bas, ont envahi la maison pendant la nuit. J'ai dormi peut-être une heure ou deux, pas plus. Par la fenêtre de ma chambre, j'aperçois les premières lueurs de l'aube. Je suis inquiet. Peut-être que mon cousin est mort. Tout est maintenant silencieux.

Il y a uniquement une horloge dans la cuisine qui rappelle inlassablement sa présence. À mon inquiétude s'ajoute la révolte. Pourquoi Émile doit-il mourir si jeune ? Seize ans ! C'est si absurde, si incompréhensible ! On m'a pourtant enseigné à l'école que Dieu est infiniment bon pour les humains. Pourquoi permet-Il alors que mon pauvre cousin soit si malade ? Maman me répondrait que c'est un mystère, qu'il ne faut pas se poser de questions. Il faut accepter ce que le Bon Dieu a décidé, sans discuter. Je ne comprendrai jamais cette résignation.

De plus, la médecine est impuissante devant la leucémie. On n'a aucun traitement et on laisse mourir les enfants. C'est à pleurer !

Le soleil rougit l'horizon. Il va faire beau et chaud. Je décide de m'habiller et d'aller voir ce qui se passe en bas. J'enfile mon pantalon et ma chemise, puis je me dirige vers le grand escalier qui mène dans la cuisine.

Avec mille précautions, je descends les marches. Boule monte à ma rencontre et vient me lécher les doigts. Il est heureux de me voir. La chambre d'Émile donne sur la cuisine. J'entends ronfler. Je m'approche. Tante Dédette et Pierrette dorment sur des chaises placées tout près du lit du cousin. Une lampe posée sur une commode est allumée.

Émile est étendu sur le lit, les couvertures reposant à ses pieds. Il est complètement découvert et ne porte qu'un caleçon. Ses yeux sont grands ouverts. Est-il mort ? J'ai peur, j'hésite. Boule est allé se coucher près de la porte de la cuisine. J'attends, immobile. Soudain, Émile tourne la tête dans ma direction.

— Approche, je suis encore en vie, viens.

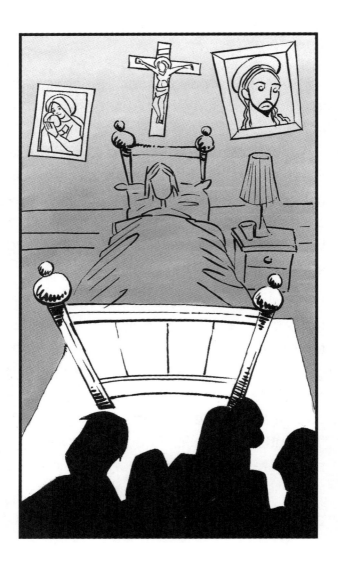

Je marche vers lui d'un pas hésitant.

— Maman et Pierrette m'ont veillé toute la nuit. J'me sens mieux maintenant, chuchote-t-il.

— Tu devrais essayer de dormir.

— Non, pas question ! J'veux pas qu'la mort me frappe pendant que j'dors. J'veux mourir réveillé.

Tante Dédette bâille, se réveille. Elle va embrasser son fils.

— T'as l'air pas trop mal, mon gars.

— Pas pire, maman.

— Tiens, t'es là, Jean-Pierre. J't'avais pas vu, dit ma tante.

Elle vient m'embrasser à mon tour.

— Tiens compagnie à Émile pendant que Pierrette et moi, on va aller faire le déjeuner.

Elle secoue Pierrette qui se réveille en sursaut.

— Réveille-toi ! Va préparer l'gruau.

Ma cousine se lève péniblement de sa chaise, jette un coup d'œil sur Émile, pose une main sur sa tête, puis file vers la cuisine. Ma tante la suit. Je reste avec le cousin.

— J'ai bien failli y passer...

— T'as eu mal ?

— Non, pas vraiment. Juste mon cœur... y battait presque plus.

— Faudrait que tu manges un peu, ça te donnerait des forces.

— J'ai pas faim, mais j'vais manger quand même. J'vais m'forcer. T'as vu mes pieds ?

— Ouais, y sont bleus... Ça doit être ta circulation qui se fait mal.

— Hum, j'pense que c'est la mort qui s'est installée, pis qu'a va monter lentement jusque-là.

Il touche sa poitrine avec l'index à la place du cœur. Ses propos me bouleversent.

— Parle pas d'même !

— Pourquoi ? J'sais que j'vais mourir. J'ai entendu l'docteur en parler à maman, hier. C'est pour bientôt, demain peut-être…

— Faut pas que tu t'laisses aller !

— Y'a rien à faire. C'est c'te maudite eau dynamitée que j'ai bue au printemps qui m'a massacré le sang ! J'suis sûr que c'est ça.

— Quelle eau dynamitée ?

— J'ai bu d'l'eau de la source à Jos Corbin. J'ai passé sur sa terre pour aller à la pêche à la truite. J'connais une fosse à poissons comme y en n'existe pas gros. En chemin, j'ai eu soif. J'savais pas que c'te niaiseux de Corbin avait fait sauter un bâton de dynamite, la veille, pour agrandir le trou d'la source.

— Comment tu l'as su ?

— Jos est venu à la maison se plaindre au père que j'allais pêcher dans un ruisseau sur sa terre, sans permission. Y'était pas content ! Y'a dit aussi au père qu'il avait fait sauter sa source pour que ça fasse comme un grand bassin d'eau naturel. Le père l'a traité de cabochon et s'est mis à rire. Moé, j'ai pas ri.

— Tu penses vraiment que c'est cette eau qui t'a rendu malade ?

— Certain ! J'ai lu dans le dictionnaire que de la dynamite, c'est fait avec de la nitroglycérine. C'est ben dangereux. J'en ai bu...

J'observe le corps à demi nu de mon cousin. Sa maigreur est effrayante. On distingue facilement le squelette.

— J'me sens si faible.

Marie arrive dans la chambre avec un plateau. Je rougis.

— V'là votre gruau et deux tasses de lait chaud. J'ai mis du sucre d'érable sur le gruau.

— J'vais essayer d'manger, dit Émile.

— Veux-tu que j't'aide ?

— OK, Jean-Pierre, donne-moi une cuillerée de gruau.

Marie quitte la pièce en me jetant un regard enjôleur. Ses cheveux blonds, ses joues rosées, sa jolie robe fleurie me comblent de bonheur. J'en oublie le cousin qui attend pour manger.

— Hé ! Jean-Pierre !

— Euh !... excuse.

— Ma sœur est belle, hein ?

Je souris timidement.

— C'est la plus belle fille du village. Elle a juste douze ans, mais on y en donnerait seize. Est bien faite pour son âge, tu trouves pas ?

— Ouais !... Ouvre la bouche que j'te nourrisse, grand bébé !

Les mâchoires d'Émile sont décharnées. Ses dents sont noires, et une haleine répugnante sort de sa bouche. À l'aide d'une cuiller à soupe, je lui donne un peu de gruau. Il saisit ma main avec ses doigts squelettiques.

— J'suis pas beau à voir, hein ?

— Laisse faire, avale.

— J'me force. J'ai pas faim. Avant, j'pouvais manger deux bols de céréales, du pain, du lait…

— Ta santé va revenir.

— Raconte-moi pas d'histoires, je sais que j'en n'ai plus pour longtemps…

Je suis chaviré. Toute cette détresse me donne envie de pleurer.

— T'as peur de la mort, Jean-Pierre ?

— Heu... Oui.

— Elle est dans mes pieds. J'la sens qui veut monter jusqu'à mes genoux.

— Arrête de parler comme ça ! Tu te fais des idées.

— Tu sais ce que j'aimerais faire, une dernière fois avant de m'en aller ?

— Non.

— Aller à la pêche, dans la fosse à truites de Jos Corbin. Les poissons mesurent ben un pied de long ! Y sont gras, beaux, brillants.

Il me vient soudainement une idée folle... Oncle Salomon interrompt ma réflexion.

— Salut, mon gars, t'as mangé ?

— Un peu. Jean-Pierre m'a aidé.

— T'étais pas gros, la nuit dernière. J'suis content de voir que tu vas mieux. J'vais aller déjeuner. Je reviens te voir plus tard.

Il quitte la pièce.

— Qu'est-ce qu'on disait, Jean-Pierre ? Ah ! Oui, la mort monte, elle va me mordre le cœur, pis pwifff ! fini Émile !

— Écoute, Émile, j'ai une idée.

— Dis-la.

— Peut-être qu'on pourrait s'arranger pour que t'ailles à la pêche.

Émile me fixe, les yeux brillants, la bouche grande ouverte.

— Mais... mais... comment j'vais faire ? J'suis tellement faible ! J'pourrai jamais marcher jusqu'au ruisseau. Pis la mère, pis l'père, y voudront pas m'laisser aller.

— Laisse-moi m'arranger avec ça. Mathieu et moi, on pourrait te patenter un brancard. Ça te fatiguerait pas.

— T'as une maudite bonne idée, mais la mère voudra pas.

— Laisse-moi faire, que j'te dis, tu vas aller à la pêche, parole de JEAN-PIERRE !

— J'vais essayer de dormir un peu. Faut que j'prenne des forces. Des truites ! Des truites grosses comme ça, JEAN-PIERRE, pas de blague !

Émile ferme les yeux. Bientôt, il s'endort. Je m'empresse d'aller parler à tante Dédette.

***

Oncle Salomon marche devant, tandis que Mathieu et moi tenons fermement le brancard. Tante Dédette, Pierrette, Marie et la petite Carméla sont sur la galerie et nous observent. Je crois que tante Dédette pleure. Nous circulons dans les hautes herbes. Le soleil est de plomb. Émile est étendu sur le brancard de fortune que Mathieu et moi avons fabriqué avec de solides branches d'arbre et une vieille couverture que nous a donnée ma tante.

La tête du cousin malade repose sur un oreiller. Un drap blanc le couvre jusqu'au cou. Émile porte des verres fumés. Nous avançons dans un sentier qui nous mènera à la rivière.

— Amène-moi à la source de Jos Corbin, Mathieu.

— On va pas à la rivière ?

— Pas tout de suite. J'veux voir la source avant.

— Comme tu voudras, mon frère. Va falloir piquer à travers le bois.

Mon oncle s'immobilise en plein milieu du sentier. Il interroge Émile :

— T'es certain qu'tu veux qu'on t'amène à la source ?

— Oui.

— Ça va être un peu compliqué, mais on va essayer.

— Merci, l'père !

En blague, je lance à Émile :

— À vos ordres, mon général !

Tout le monde rit de bon cœur.

Nous filons vers la forêt toute proche. Encore quelques mètres de marche et nous y voilà. Nous contournons les arbres majestueux, évitons les roches glissantes, les souches et les branches mortes qui jonchent le sol.

— Nous arrivons à la source, s'exclame Mathieu qui serre fort l'avant du brancard.

Mon oncle surveille attentivement nos manœuvres, nous conseille et nous met en garde contre les risques de glissades.

— Plus lentement ! Attention à la grosse roche, là. Passez par-là. Non, c'est trop dangereux, contournez cet arbre.

Soudain, j'aperçois la source.

— La v'là, ta source ! dit mon oncle, tout essoufflé.

— Amenez-moi tout près, demande Émile.

Nous obéissons.

— Mettez-moi à terre, la tête à côté de l'eau.

Je ne saisis pas du tout les intentions du cousin. Mathieu et moi hésitons. Mon oncle nous fait signe de déposer délicatement le brancard sur le sol.

Émile reste un long moment à regarder la source. Autour, les oiseaux chantent et une douce odeur d'épinette envahit l'atmosphère. Nous attendons que quelque chose se passe. Tout à coup, le cousin se racle bruyamment la gorge, puis crache avec fureur dans l'eau limpide.

—Tiens, prends ça, salope ! Amenez-moi à la fosse aux truites. Tu connais l'chemin, Mathieu.

Nous obtempérons à sa demande. Silencieux, ébranlés par le geste d'Émile, nous entreprenons notre équipée vers le ruisseau.

Après avoir quitté la forêt et retrouvé le sentier, nous marchons jusqu'au ruisseau. Nous longeons le cours d'eau pendant quelques instants.

— Nous sommes encore sur la terre de Jos Corbin, avertit mon oncle.

— La fosse aux truites est là-bas, derrière le bosquet, ajoute Émile.

Nous nous y rendons prestement.

— Pourvu que Jos vienne pas nous faire des histoires, s'inquiète Mathieu.

— Tu m'laisseras m'arranger avec ça, répond mon oncle. Les truites du Bon Dieu appartiennent à tout l'monde.

Voilà le trou, la fosse merveilleuse dans laquelle dansent les poissons magiques. La chanson délicate du ruisseau accompagne les ébats des truites. Je n'ai jamais rien vu de si beau. Le visage du cousin est resplendissant. Il serre fortement avec ses mains les lignes à pêche que nous avons rangées près de lui sur le brancard de fortune.

— Regardez comme elles sont magnifiques ! s'écrie Mathieu.

Nous nous approchons de la fosse avec le brancard. Nos regards sont subju-

gués par le spectacle qui se déroule dans le ruisseau.

Soudain, un long râle met fin à notre fascination. Émile lâche :

— Les truites ! La source ! Ahhh... J'veux pas mourir !

Nous déposons le brancard par terre.

— J'veux pas mourir ! J'veux encore pouvoir pêcher, courir dans les champs d'avoine, sauter sur les tas de foin, attraper des lièvres, l'hiver. J'veux pas mourir !

Il sanglote. Je n'arrive pas à retenir mes larmes. Mon oncle s'approche d'Émile, s'agenouille près de lui et passe sa main calleuse sur sa tête.

— Pleure pas, mon gars. J'voudrais te...

Il hésite, renifle, se reprend :

— J'voudrais te dire que... que... j't'aime, mon gars !

Émile attrape avec force la main de mon oncle.

— J'veux pas... j'veux pas... papa... pa...

La mort s'est rendue jusqu'au cœur de mon cousin...

Oncle Salomon avance lentement devant nous, dans le petit sentier. Dans ses bras, il tient le corps de son fils qu'il colle fermement à sa poitrine. Je pleure comme un veau que l'on mène à l'abattoir. Mathieu, lui, réussit à se contenir. Ici, à la campagne, les hommes pleurent rarement. Le cadavre d'Émile est entouré du drap blanc qui le protégeait du soleil, tantôt sur le brancard. Les rayons du soleil jouent dans les cheveux du cousin.

Je suis maintenant à la hauteur de mon oncle. La figure d'Émile, noyée de soleil, est radieuse. C'est celle d'un ange...

Le corps d'Émile repose au village dans le cimetière près de l'église. Dès notre retour des funérailles, je me suis enfermé dans ma chambre pour pleurer. On frappe à la porte. Je vais ouvrir. C'est Marie. J'essuie mes larmes avec une manche de ma chemise.

— Est-ce que je peux entrer ? demande ma cousine.

— Ben oui.

— Émile ne va plus jamais souffrir. C'est mieux ainsi.

Elle va s'asseoir sur le lit.

— Tu sais, Jean-Pierre...

Elle hésite.

— Quoi ?

— Je... je voulais te dire que, tantôt, quand ils ont descendu le cercueil dans le trou, je t'ai regardé, et ça m'a donné du courage.

Je bafouille :

— Mais... mais... je n'ai pas de courage. J'ai failli m'évanouir au milieu des pierres tombales.

— Ça n'a pas paru. T'avais l'air si sûr de toi.

Son regard me fixe intensément.

— Je voudrais que tu vives toujours avec nous. Chaque soir, je compte les jours qui restent avant ton départ pour la ville.

— T'es drôle ! Les vacances viennent de commencer.

Marie quitte le lit et vient m'embrasser sur la joue. Elle disparaît dans l'escalier.

CHAPITRE 3

LA FOLLE

Les travaux des champs, les soins à apporter aux animaux font en sorte que les campagnards doivent vite s'habituer à leurs malheurs. Pas question de s'apitoyer sur sa misère trop longtemps. C'est ainsi que l'on accepte la mort comme on accepte les saisons, la pluie, la neige et le froid.

Moi, la mort me fait peur. Elle m'angoisse, m'intrigue, me révolte. Je voudrais parfois être comme Mathieu, ne jamais pleurer, ne jamais montrer ma détresse. L'autre jour, mon cousin m'a dit : « Pleurer, c'est bon pour les filles ! Moi, je n'ai jamais pleuré et je ne pleurerai jamais. » Je lui ai répondu que j'ai vu mon père pleurer pour la première fois lorsque son frère, mon oncle, est mort.

— Il a eu tellement de peine, c'était normal qu'il pleure.

— Et tu crois que je n'ai pas eu de peine quand j'ai vu Émile mort sur le brancard ! a lancé Mathieu.

Je n'ai pas répondu. Nous n'étions pas sur la même longueur d'onde.

Déjà une semaine que la dépouille d'Émile a été enterrée dans le cimetière près de l'église. L'endroit est joli, même s'il s'agit d'un cimetière. Au loin, on voit le fleuve qui brille. Tout autour, des grands champs s'étirent, séparés par des clôtures de perches ou des amas de grosses pierres.

Tantôt, mon oncle a sorti sa Pontiac noire du garage. Tante Dédette s'affaire dans son immense jardin, derrière la maison. Elle en est la maîtresse, la reine, la générale. Malheur à celui qui y met les pieds sans sa permission ! Il aurait droit à une engueulade foudroyante et serait chassé à coups de pied au derrière.

Ma tante a un cœur d'or et pourrait donner tout ce qu'elle a, mais elle est intransigeante lorsqu'il s'agit de ses carottes, de ses choux et de ses oignons.

Le temps est splendide. Assis sur une marche de la galerie, j'observe Mathieu qui tripote le moteur du vieux tracteur rouge. De temps à autre, il lâche des jurons qui me font rigoler. Heureusement que le curé de la paroisse ne l'entend pas !

Il donnerait sûrement au cousin un passe-port direct pour l'enfer...

Mon oncle sort de la maison, s'approche de moi.

— Je m'en vais à l'Isle-Verte chercher des clous. Embarques-tu ?

— Oui, mais avant ça, j'ai quelque chose à te remettre mon oncle.

Je cours vers la maison et reviens avec une grande enveloppe brune.

— C'est mon père qui t'offre ce cadeau.

— Un cadeau ?

Il ouvre l'enveloppe et en sort une pièce de tissu bien pliée. Mon oncle déplie avec précaution le cadeau.

— Le drapeau des Patriotes de 1837 ! Ben, si je m'attendais à ça ! C'est le plus beau cadeau que j'ai reçu dans ma vie !

J'vais l'installer sur le pignon de la maison.

Mon oncle exhibe le drapeau à trois bandes horizontales de couleur verte en haut, blanche au milieu et rouge en bas. Il m'explique que c'était celui des Patriotes qui se sont révoltés au Québec, en 1837-1838, contre la domination britannique.

— Un de nos ancêtres était un des chefs rebelles. Il s'appelait Lucien Gagnon. Un sacré bonhomme ! Il a combattu bravement pour la cause des Patriotes et pour le droit des peuples à se gouverner eux-mêmes. Jamais les Anglais n'ont réussi à l'attraper. Si je me souviens bien, il est mort de tuberculose à l'âge de 48 ans, en 1842. Ses derniers mots ont été : « Je meurs pour ma patrie ! »…

Mon oncle embrasse le drapeau, le plie avec mille précautions, puis le remet dans l'enveloppe.

Nous sautons dans la bagnole qui emprunte le rang recouvert de gravier. Derrière, un épais nuage de poussière envahit la route. Il masque la maison et les bâtiments que nous venons à peine de quitter. Mon oncle a le pied pesant... Il écrase l'accélérateur. Le moteur de la vieille Pontiac gronde. À tout moment, je m'attends à ce que nous nous retrouvions dans un fossé. Les pneus glissent sur les millions de petits cailloux.

— J'ai besoin d'une boîte de clous pour réparer le garage. L'hiver a été dur : du vent, des poudreries d'enfer ont magané les murs. Y'a des planches d'arrachées.

— Ah ! oui ?...

Je m'agrippe solidement au siège. Le mauvais état de la grange ne m'intéresse absolument pas. Tout ce qui m'importe, c'est de savoir si nous allons arriver à l'Isle-Verte sains et saufs.

Nous passons devant la maison ou, plutôt, la cambuse, le taudis de celui qu'on surnomme le Diable Blanc. Il y a tout un mystère qui entoure le vieil homme. Mathieu m'a déjà raconté que le vieillard parlait à Satan en personne, la nuit. Il serait une sorte de sorcier.

Les enfants de la région de Saint-Paul en ont une frousse bleue. Lorsqu'un petit refuse d'aller au lit, il suffit de crier : « Va t'coucher, sinon j'vas aller chercher le Diable Blanc ! » Mathieu m'a assuré que la recette est infaillible. L'homme avec ses longs cheveux, sa barbe blanche et ses vêtements crasseux est le somnifère préféré des mères qui veulent se débarrasser rapidement de leur marmaille quand vient l'heure du dodo.

La voiture gravit une longue pente que les gens du pays appellent *la côte de la montagne*. Mon oncle actionne le klaxon afin de signaler notre présence à une voiture qui viendrait en sens inverse. Au sommet de la pente, le paysage est grandiose. Les battures verdoyantes du fleuve, l'île et les oiseaux marins enchantent les yeux.

— Sais-tu, Jean-Pierre, que sur l'île en face, lorsque le fleuve est calme, on peut apercevoir des silhouettes de femmes qui chantent les louanges du Créateur ?

— Ça doit sûrement être une légende, mon oncle.

— Pas du tout ! Des femmes magnifiques dansent et chantent autour d'une croix.

Je souris, incrédule.

— Tantôt, quand je serai au magasin de Léo Rioux, approche-toi du fleuve. Fixe l'île, tu verras que j'ai raison.

La voiture franchit une voie ferrée, longe la gare, puis descend vers le village.

— Après mes commissions, on va aller boire un *cream soda* au restaurant *Chez Rita*, en face de l'église. Qu'est-ce que t'en penses ?

J'adore mon oncle. Petit, mince, tout en muscles, le visage ravagé par le soleil et le vent, il se dégage de lui une grande bonté. Il a quitté l'école en deuxième année, je crois, mais ses connaissances sont immenses. Il sait tout des plantes, des animaux, et peut prévoir la température simplement en regardant le ciel. Sa mémoire est phénoménale. Il est un second père pour moi.

Mon oncle gare la voiture devant le magasin de Léo Rioux.

— Va te promener un peu. On se donne rendez-vous *Chez Rita* dans une demi-heure.

— J'y serai.

Je descends de la voiture, file vers l'église et contourne le presbytère. Soudain, j'entends des cris et des paroles incompréhensibles derrière moi. Je me retourne. Sur le perron de l'église, j'aperçois une femme qui fait de grands gestes avec ses bras. On dirait qu'elle me fait signe d'approcher. Je ne bronche pas. Elle s'impatiente, s'énerve, puis court à ma rencontre.

— Sauve-toi ! Vite ! L'eau du fleuve monte ! Tu vas t'noyer...

— Euh... je... le fleuve est loin.

Elle vient se planter droit devant moi. Son corps, gros comme un fil, flotte dans une robe froissée et sale. Elle porte un chapeau ridicule sur lequel sont accrochées des cerises de plastique. Les verres de ses lunettes sont aussi épais que le fond d'une bouteille de boisson gazeuse.

— Trop tard ! L'eau est rendue à tes pieds. Agrippe-toi à la chaloupe !

— Qu... quelle chaloupe ?

— Es-tu aveugle ? Le fleuve va t'avaler. L'eau glacée va te transformer en statue... vite, monte dans la chaloupe !

Quelle folle ! Cet épouvantail colle à moi comme une sangsue. J'essaie de m'échapper. Elle m'attrape par le collet de la chemise.

— Non ! Pas par-là, niaiseux ! Qu'est-ce que t'attends pour sauter dans la chaloupe ?

— Lâchez-moi ! J'veux m'en aller ! Y'a pas d'eau, pas d'chaloupe. Ça va pas, non ?

— Tant pis pour toi, petit écervelé. Crève englouti par ce maudit fleuve ! Tant pis... Tant pis...

La folle baisse la tête et se met à sangloter.

— Je... je t'aurai prévenu.

Mon oncle vient de sortir de chez Léo Rioux. Il marche rapidement vers moi.

Arrivé près de la folle, il lui dit lentement et avec une certaine tendresse :

— Rentre chez toi, Marguerite. Va prendre une tasse de thé. J'm'arrange avec le fleuve. J'vais réciter une couple de prières. Y va r'culer, tu peux être certaine.

— Merci, M'sieur Dion. Oui, du thé... du thé...

Elle s'éloigne, rassurée.

— Pauvre femme...

— Elle est folle, mon oncle ?

— Ouais, mais pas dangereuse, malgré les apparences. Si tu savais ce qui est arrivé à cette malheureuse, tu la jugerais peut-être moins vite. Viens, on va au restaurant. J'vais t'raconter l'histoire de cette Marguerite.

***

Madame Rita dépose les deux *cream soda* sur la table recouverte d'une nappe à carreaux blancs et rouges.

— Ça sent bon dans ton restaurant, Rita, dit mon oncle.

— J'ai fait de la tarte aux fraises. J'vous en apporte chacun un morceau ?

— Bonne idée. Avec une boule de crème glacée pour Jean-Pierre !

Rita file vers la cuisine et revient avec les pointes de tarte encore fumantes.

— Tiens, goûtez-moi ça. Y'a pas d'meilleure tarte dans toute la région.

— Merci, Rita, conclut mon oncle.

La grosse dame s'éclipse. J'attaque la merveille avec appétit pendant que mon oncle se racle la gorge, puis avale une gorgée de son rafraîchissement.

D'une voix solennelle, il débute son récit :

— Le 28 mai 1914, au cours de l'après-midi, *L'Empress of Ireland*, un paquebot du *Canadien Pacifique*, quitte Québec en direction de l'Angleterre. À bord, c'est la fête, même si les passagers ont en mémoire la tragédie du *Titanic* survenue deux ans auparavant.

Oncle Salomon boit une autre gorgée et poursuit :

— *L'Empress*, de l'avis de tout le monde, est indestructible. Il est équipé de dix cloisons étanches et peut se fier à un système de détection des icebergs. En plus, il possède quarante chaloupes de sécurité.

— Combien de personnes étaient à bord ?

— Très exactement 1477, les passagers et les membres d'équipage.

Je suis émerveillé par les précisions apportées par oncle Salomon. Quelle mémoire !

— Le temps était beau. La descente du fleuve se faisait sans ennui. La nuit arriva et, vers une heure trente du matin, le commandant aperçut les feux de position d'un charbonnier norvégien.

— Excuse-moi, mais, la folle, qu'est-ce qu'elle vient faire dans toute cette histoire, mon oncle ?

— J'y arrive, sois patient. Finis d'manger ta tarte et écoute-moi bien. Soudain, le charbonnier disparaît dans un banc de brume. C'est très courant sur le fleuve. Ça arrive au moment où on s'y attend le moins. À ce moment, les deux bateaux sont au milieu du fleuve devant Pointe-au-Père, à une soixantaine de milles d'ici.

Rita a quitté sa cuisine, car l'histoire semble l'intéresser. Elle vient, sans gêne, s'asseoir avec nous.

— Brusquement, c'est le choc, la catastrophe. Le charbonnier norvégien perce un trou de vingt-cinq pieds de diamètre dans *L'Empress.*

Mon oncle s'arrête soudain de parler. Il prend un air grave, tragique. J'attends, je m'impatiente, curieux de connaître la suite. Enfin, il se décide à continuer son fascinant récit.

— J'avais dix ans à l'époque. Mon père m'a raconté que l'eau glacée du fleuve a englouti mille vingt-quatre personnes parmi les passagers et les membres d'équipage. Pendant plusieurs jours, des cadavres et des débris de *L'Empress of Ireland* ont été repêchés sur les rives du Saint-Laurent.

— Et la folle ?

— Elle n'était qu'une petite fille de sept ans qui devait aller s'installer en Angleterre avec sa famille. Accrochée à un débris, elle a vu disparaître dans l'eau son père, sa grand-mère et ses deux frères.

Rita sanglote, essuie avec un mouchoir rose les larmes qui glissent sur ses grosses joues rougeaudes.

— À chaque fois que j'écoute l'histoire de la pauvre Marguerite, j'peux pas m'empêcher d'brailler. C'est-y pas terrible !

Je me sens honteux et triste.

— Elle a été recueillie par un couple de L'Isle-Verte qui ne pouvait pas avoir d'enfants. Elle vit seule à présent. Elle se débrouille. Les gens du village la prennent en pitié. Elle a hérité d'une jolie maison juste à côté de l'église et d'un bon montant d'argent à la mort de ses parents adoptifs.

J'avale avec difficultés une gorgée de ma boisson. Rita se mouche bruyamment puis marmonne :

— Notre chère Marguerite ne s'en est jamais remise. Heureusement, elle tient bien sa maison. Elle sait cuisiner et entretenir un jardin.

Oncle Salomon lâche un grand soupir et termine son récit.

— Pendant des jours, cette tragédie a défrayé les manchettes. Tout le monde parlait de l'accident. Au village, la petite Marguerite s'est emmurée dans le silence pendant près d'un an. Ses parents adoptifs n'arrivaient pas à lui tirer un seul mot de la bouche. Puis un jour, elle a commencé à baragouiner quelques mots : « Papa noyé, grand-maman noyée... le bateau coule... j'ai froid ! Sauvez-moi ! »

— Pauvre petite, sanglote madame Rita.

— Dis-moi, mon oncle, comment ça se fait qu'on parle encore beaucoup du naufrage du *Titanic*, mais jamais de celui de *L'Empress* ?

— À cause de la guerre ! Un mois après l'accident, débutait la Première Guerre mondiale. Pas besoin de te dire que l'aventure terrible de *L'Empress of Ireland* est vite tombée dans l'oubli.

— T'as pas encore goûté à ma tarte, Salomon, tranche madame Rita en reniflant.

Mon oncle attaque le morceau et, en moins de deux, fait le vide dans l'assiette.

— Hum... hum... très bonne, ta tarte.

— Mais quoi ? interroge Rita.

— Pas aussi bonne que celle de Bernadette, ma femme.

La propriétaire quitte sa chaise, jette un regard diabolique sur mon oncle, et les deux mains sur les hanches, hurle :

— J'vais aller faire ma soupe aux pois ! Bernadette ! Bernadette ! Toujours Bernadette !

Mon oncle rit aux éclats.

— Sacrée Rita ! Toujours aussi susceptible.

— J'pense qu'elle vous trouve de son goût.

— Raconte jamais ça à ta tante Dédette, elle me couperait en petits morceaux et me ferait cuire à la poêle !

La voiture emprunte la rue principale. Assis sur la banquette avant, j'aperçois les fumoirs et les poissonneries qui offrent leurs produits frais ou fumés. Je suis émerveillé par l'architecture du Palais de Justice et celle de plusieurs maisons monumentales. Mon oncle m'explique qu'au siècle dernier, l'Isle-Verte était un centre commercial et industriel très important dans la région. Il m'informe qu'au début des années 1900, la cueillette de la mousse de mer qui pousse sur les rivages du fleuve constituait une activité importante. On l'utilisait dans la fabrication de matelas, pour le rembourrage des meubles et des sièges de voiture.

La Pontiac s'éloigne du village, en route pour Saint-Paul. Plein d'images tournent dans ma tête : un paquebot qui coule dans les eaux du fleuve, une petite fille qui grelotte et crie, des corps inanimés sur les battures...

Oncle Salomon enfonce au maximum l'accélérateur.

***

Marie et moi sommes assis sur une clôture de perches qui longe la grange. Un vent chaud joue dans les cheveux couleur de blé de ma cousine. Des vaches broutent dans le champ derrière nous. Marie pose tendrement son regard bleu sur moi.

— J'aimerais ça, un jour, faire un long voyage en bateau avec toi.

— Ouais, l'histoire de *L'Empress of Ireland* que m'a racontée ton père ne m'en donne pas tellement l'goût.

— Nous traverserions l'Atlantique pour aller en France.

— Non ! Pas question ! J'ai trop peur des naufrages.

— Est-ce que tu viendrais à mon secours si jamais notre bateau coulait ?

J'ai soudain le goût de taquiner ma cousine.

— Je penserais d'abord à sauver ma peau.

— Quoi ? Tu... tu m'abandonnerais au beau milieu de l'océan ?

— C'est chacun pour soi dans une situation pareille.

Marie se transforme en lionne. Ses yeux me lancent du feu.

— Espèce d'égoïste ! Poule mouillée !

Elle descend de la clôture et se plante droit devant moi.

— Sans-cœur ! Lâche !

Elle donne une formidable poussée et je me retrouve dans les marguerites.

Elle déguerpit, folle de rage. Je ne suis pas très fier de moi. Je me relève péniblement. Les vaches m'observent et, c'est curieux, j'ai l'impression qu'elles se moquent de moi !

CHAPITRE 4

TOUTE UNE
PARTIE DE PÊCHE

Les vers rouges et dodus s'entrelacent dans le pot de verre qui repose près du tas de fumier. La bêche que tient solidement Mathieu fend l'air, s'enfonce dans le monticule qui dégage une odeur infecte.

— Encore une dizaine, et on en aura assez, Jean-Pierre.

— Regarde celui-là, comme il est gros.

— Attrape-le.

Le ver tout chaud, remuant, s'enroule autour de mes doigts. Je m'empresse de le jeter dans le pot.

— Il va finir dans la gueule d'une grosse truite.

— Tu penses ?

— Attends de voir le lac d'Octave Léveillée, une vraie merveille. Y'a juste Octave qui pêche dedans, les fins de semaine. Les truites ont le temps de grossir et de se multiplier sans trop être dérangées.

— C'est un lac privé ?

— Ouais... Parle surtout pas d'ça au père ! Si jamais y'apprenait qu'on a mis les pieds dans le domaine de Léveillée, on passerait un mauvais quart d'heure.

— J'me la ferme, promis.

— On dira qu'on va pêcher au ruisseau du nord, sur la terre du père.

Au bout de quelques minutes, notre récolte de vers est complétée.

— Allons dîner maintenant, conclut mon cousin.

Le soleil tape fort. Nous contournons l'étable et empruntons la côte qui mène à la maison. La petite Carméla joue avec des cailloux près de la galerie. Boule, le chien, est couché près d'elle. Cette enfant est venue au monde alors que tante Dédette croyait qu'à cause de son âge elle n'aurait plus jamais de grossesse. Carméla ne parle pas beaucoup. Par contre, elle sourit tout le temps. Elle est mignonne avec ses cheveux courts et ses grands yeux noirs. C'est une fillette calme, réservée, qui adore jouer avec sa poupée de chiffons qui ne la quitte jamais. Elle l'a appelée Rosa.

Je range le pot, dans lequel grouillent les vers, sur la galerie, à l'ombre. Mathieu et moi entrons dans la cuisine d'été. Il y règne une chaleur suffocante. Cette pièce n'est utilisée que pendant la belle saison. C'est là qu'on prépare les repas et qu'on mange.

Après m'être lavé les mains, je m'installe sur le long banc de bois près de la table, à côté de Mathieu. Mon oncle Salomon coupe la miche de pain à l'aide d'un impressionnant couteau. Pierrette dépose au milieu de la table un lourd chaudron fumant. Marie s'assoit juste devant moi. Elle a mis du rouge sur ses lèvres. Je sais que c'est pour attirer mon attention. Tante Dédette sort dehors et crie à Carméla de venir manger. Pierrette plonge une louche dans le chaudron et sert des pommes de terre et des morceaux de viande à tout le monde. Tante Dédette qui a cessé de hurler prend place à table avec nous.

— J'ai assez crié. Tant pis pour elle. Elle se passera de dîner. Tu devrais intervenir, Salomon. Ta fille vit dans un autre monde. On dirait qu'elle rêve tout le temps.

— Laisse-la faire. Tu t'en fais trop. Carméla est douce, affectueuse, qu'est-ce que tu veux de plus ?

— J'la comprends pas. J'parle dans l'vide, s'impatiente ma tante.

— Quand elle aura faim, elle viendra manger. Inquiète-toi pas. Laisse-la jouer tranquille.

— Boule la surveille, rassure Mathieu.

Nous mangeons avec appétit. Pierrette observe les plats. Elle voit à ce que personne ne manque de rien. Cette femme longue, svelte, qui doit bien avoir vingt ans, pense sans cesse aux autres. Elle est toujours prête à raccommoder une chaussette, à coudre un bouton ou à faire un dessert que tout le monde aime. Mon oncle la gronde parfois. Il considère qu'elle devrait moins servir la maisonnée et penser plus à elle.

— T'es trop bonne. T'es pas une servante.

Pierrette répond invariablement sur un ton affectueux :

— J'vous aime tellement ! C'est plus fort que moi. J'peux pas m'changer.

Nous terminons le repas en dégustant un morceau de gâteau au chocolat.

— Comme ça, vous allez à la pêche ? interroge mon oncle.

— On va aller au ruisseau du nord, répond Mathieu.

— Hum... Soyez prudents. Pas d'folies, t'as compris, Mathieu ?

— Oui, t'inquiète pas.

J'ai comme l'impression que mon oncle se doute de quelque chose. Mais la discussion s'arrête là. Mon oncle se lève, roule une cigarette et va s'asseoir sur une berçante. Je regarde Mathieu. Il me fait un clin d'œil.

Mathieu va chercher les cannes à pêche dans le garage pendant que je m'empresse d'aller récupérer le contenant de vers sur la galerie. Le pot me semble léger. Surprise ! Le pot est vide...

— Mathieu, les vers ont disparu !

Le cousin court à ma rencontre.

— Quoi ? ça s'peut pas !

Il prend le pot, regarde à l'intérieur, puis consterné, s'écrie :

— Qui a fait ça, maudit !

— Les chats, peut-être ?

— Ben non, les chats ça mange pas d'vers.

— Boule ?

— Les chiens non plus, Jean-Pierre. J'comprends pas...

Soudain, mon regard se pose sur Carméla qui est assise par terre non loin de la galerie. Elle semble parler à Rosa, sa poupée. Je m'avance vers elle. Horreur ! Je la vois qui essaie de faire avaler un ver à sa Rosa. Mais le pire, c'est que le pourtour de la bouche de la petite est sale.

— Carméla ! Où sont les vers ?

Mathieu me rejoint. L'enfant ne répond pas. Ses petits yeux m'observent. Un large sourire éclaire sa figure.

— Carméla, réponds, où sont les vers ?

— Miam... miam... là !

Elle montre son ventre. Je sens que je vais m'évanouir. Mathieu file à toute vitesse vers la maison en criant :

— Carméla a mangé les vers ! Carméla a mangé les vers !

Tante Dédette, Pierrette et Marie sortent à toute vitesse.

— Maman, Carméla a mangé tous les vers, répète le cousin.

Ma tante court prendre sa fille dans ses bras.

— Vite, faut l'amener chez l'docteur.

— Carméla va mourir ! Oh, mon Dieu ! sanglote Marie.

— Faut la faire vomir ! suggère Pierrette.

— Arrêtez d'vous énerver, dit calmement mon oncle qui vient vers nous. Les vers, c'est pas du poison. Va lui préparer d'l'eau chaude avec du soda à pâte, Pierrette.

Pierrette doute des propos de son père.

— Mais l'fumier qui était sur les vers ? C'est écœurant !

— On va pas déranger l'docteur pour ça. Faites ce que j'dis. Y'a aucun danger.

Carméla sourit toujours, indifférente à l'énervement de ceux qui l'entourent. Elle finit par dire :

— J'veux du dessert, maman.

Nous nous regardons, surpris. Mon oncle, d'un ton calme, invite la petite :

— Viens avec papa. Y'a du bon gâteau au chocolat pour toi. Ça fera passer les vers. Laisse faire le soda, Pierrette, j'm'occupe d'la petite.

Tante Dédette dépose Carméla par terre. La petite donne la main à son père.

Les deux disparaissent dans la cuisine d'été. Marie, rassurée, conclut :

— Papa doit avoir raison.

Il faut refaire notre provision de vers. Carméla semble en pleine forme. Elle a avalé, paraît-il, deux gros morceaux de gâteau au chocolat et un verre de lait, puis elle est retournée jouer avec des cailloux en compagnie de Rosa.

Mathieu et moi, nous marchons dans le foin en direction du lac caché dans les profondeurs de la forêt qui se dresse au loin. Une douce odeur de fleurs sauvages rôde partout. De temps à autre, de jolis papillons multicolores voltigent autour de nous. Un immense bonheur m'envahit. Je voudrais que ces délicieux instants durent toujours. J'appréhende le jour où je devrai quitter Saint-Paul-de-la-Croix pour retourner à Montréal, où il n'y a pas d'aussi beaux oiseaux ni d'aussi beaux arbres qu'ici.

Nous voilà maintenant dans la forêt. C'est le royaume des sapins et des épinettes géants, mais aussi celui de redoutables moustiques, hélas !

— Encore vingt minutes de marche et on y sera, précise Mathieu.

— J'aime bien la forêt, mais sans ces maudits monstres qui nous arrachent la peau !

J'écrase de temps en temps quelques satanés brûlots qui me dévorent le cou. Pas facile de se faire un chemin entre les arbres lorsque l'on tient une canne à pêche dans la main. Soudain, droit devant, une éclaircie.

— Prépare-toi à te rincer l'œil, Jean-Pierre.

Après quelques pas et une dizaine de morsures supplémentaires, nous débouchons sur un paysage grandiose : un lac, rond comme un cerceau, sur lequel s'ébattent des canards et, tout autour, des plages de galets qui brillent au soleil.

— J'gage que t'as jamais rien vu d'aussi beau, Jean-Pierre. Le chalet d'Octave Léveillée est à droite là-bas, près d'la baie que tu vois. On va s'installer sur le quai pour pêcher. J'vais allumer un feu sur le bord de l'eau pour chasser les moustiques.

— T'es certain qu'Léveillée vient seulement les fins d'semaine ?

— Certain ! Octave travaille dans un atelier de couture à la filature de l'Isle-Verte, la semaine. N'aie pas peur ! J'sais c'que j'dis.

Je fais confiance à mon cousin. Nous marchons le long du lac en direction du quai.

— C'est Émile qui serait content d'être avec nous...

Mathieu ne répond pas. Il saute sur le quai et dépose sa ligne par terre.

— Occupe-toi des lignes pendant que j'vais faire le feu.

Je m'empresse d'appâter les deux hameçons. Les vers sont bien vivants. Ils se tortillent vivement. Mathieu a ramassé du bois sec avec lequel il construit une sorte de petite pyramide. Il y met le feu. Le bois craque, gémit. Je lance ma ligne. L'hameçon fait plouf en touchant la surface de l'eau. Mon cousin abandonne le feu qui pétille gaiement et vient me rejoindre sur le quai.

Soudain, comme j'allais m'asseoir, je sens une violente secousse dans la branche de noisetier qui me sert de canne à pêche.

— Ça mord déjà ! crie Mathieu, tout heureux. Perds-la pas !

Je serre fort la canne. Mon cœur s'emballe. Je tire la ligne, lentement. Bientôt, j'aperçois une superbe truite qui fait une multitude de zigzags dans l'eau claire. Désespérée, elle tente de se dégager. Je sens qu'elle est bien prise et qu'elle ne pourra pas s'échapper. Au même instant, la ligne de Mathieu se courbe. Je bascule ma truite sur le quai. Une vraie merveille ! Le poisson est gras, frétillant. Une deuxième truite s'abat sur le quai.

— Elle est plus grosse que la tienne, Jean-Pierre ! dit Mathieu, fou de joie.

Nous nous dépêchons de jeter à nouveau nos lignes à l'eau. Au bout d'une quinzaine de minutes, nous nous retrouvons avec onze poissons. Je n'en reviens pas.

— J'pense qu'on en a assez pour le souper. Qu'est-ce que tu dirais d'une bonne baignade ? propose mon cousin.

— Bonne idée !

Nous rangeons les truites dans un panier d'osier, puis enlevons nos vêtements. Nous ne gardons que notre caleçon. Mathieu entre dans l'eau le premier en glissant le long du quai. Je fais de même. L'eau est glacée. J'ai l'impression que je vais me transformer en cube de glace. Nous nageons dans l'onde cristalline. Brusquement, le bruit d'un moteur retentit.

— Maudit ! Octave ! nos vêtements, ça presse !

— Me semblait qu'y travaillait à la filature, ton gars...

Nous grimpons rapidement sur le quai, attrapons nos vêtements, puis détalons

comme des cerfs vers la forêt. Dans notre énervement, nous abandonnons les cannes à pêche et le panier de jonc qui contient les truites. Je n'ai jamais couru aussi vite de ma vie, malgré les cailloux, les bouts de branches qui me blessent la plante des pieds. Nous nous dissimulons derrière un bosquet.

Octave Léveillée sort de sa camionnette qu'il a garée près du chalet. Il a la carrure d'un gorille. Furieux, il s'approche du feu et tente de l'éteindre en y poussant violemment des galets et du sable avec ses bottes. Ensuite, il court sur le quai, s'empare des cannes à pêche et les brise avec rage sur ses genoux. Il hurle :

— Bandits ! Voleurs ! Voilà c'que j'fais de vos cannes !

Je tremble de peur. S'il fallait qu'il nous voie... Il s'en prend maintenant au panier de jonc. Il l'ouvre et vide les poissons sur le quai. Sa colère est à son comble.

— Mets tes chaussures, vite, filons d'ici, ordonne mon cousin.

— Si jamais c'gars-là nous attrape, il nous transforme en fricassée. J'vais m'en souvenir longtemps de ta partie de pêche !

Nous pénétrons dans la forêt. Nous ne sommes pas au bout de nos embêtements ; les moustiques s'en donnent à cœur joie. Un vrai supplice. Ils nous dévorent vivants, attaquent dos, ventres, cuisses, figures avec voracité. Pour compléter notre martyre, les branches des épinettes et des sapins nous fouettent le corps, activant ainsi notre course folle.

Nous profitons d'un sous-bois pour nous rhabiller. En sortant de la forêt, j'ai mal partout. J'ai hâte d'arriver à la maison.

— On va mettre du lait sur nos piqûres avec de la mie de pain lorsqu'on s'ra à la maison.

— Quoi ?

— C'est une recette de m'man. C'est très efficace. Ça enlève vite la douleur.

J'aperçois mon oncle Salomon qui fauche autour de la grange. La lame d'acier recourbée coupe l'herbe dans un mouvement régulier. Lorsqu'il se rend compte de notre présence, mon oncle cesse son travail.

— La pêche a été bonne ?

— Pas tellement, répond Mathieu.

— J'ai vu Octave Léveillée tantôt au village... Il est en vacances. Il s'en allait à son chalet.

Oncle Salomon, le sourire fendu jusqu'aux oreilles, observe notre air piteux.

— Comme ça, on mangera pas de truites pour souper...

Il se met à rire aux éclats, pendant que nous filons à la maison pour aller y soigner nos blessures.

Dans la cuisine d'été, Marie étend le lait sur mes meurtrissures à l'aide de morceaux de pain. Je suis prêt à aller à la pêche tous les jours, me faire dévorer par les moustiques, pour qu'ensuite ma cousine me caresse le dos avec ses doigts de princesse…

— Est-ce que ça te fait mal ?

— Ça soulage en maudit.

— Quelle idée d'aller pêcher dans le lac à Octave Léveillée !

— C'est la faute à ton gnochon de frère.

— Léveillée est fou. Il aurait été capable de vous tirer dans les fesses avec sa carabine.

— Hein ? Seulement pour quelques truites ?

— Tu l'connais pas, Jean-Pierre. Un vrai enragé. Quand il se fâche, il ne voit plus clair.

— As-tu pensé à ça ? J'aurais pu me faire tuer pour des poissons ?

— J'aurais eu beaucoup de peine.

— Vraiment ?

Deux chats tournent autour de nous, attirés par l'odeur du lait. Ma cousine poursuit :

— Deux morts pendant les vacances, ça aurait été trop pour moi...

Son allusion à Émile me chavire le cœur.

— Je me serais laissée mourir.

— Cesse de dire des bêtises.

— Vous autres, les gars, y'a des choses que vous comprendrez jamais.

Je me la ferme.

— Tourne-toi, que j'te frotte la poitrine.

J'obéis. Ses yeux couleur de glacier me comblent de bonheur. Son corps est tout près du mien. Un trouble délicieux m'envahit. Et soudain, je pense aux vacances qui filent à une vitesse vertigineuse.

— Marie ?

— Qu'est-ce qu'il y a ?

— J'veux plus partir d'ici.

Elle penche la tête. Deux grosses larmes coulent sur ses joues de poupée.

CHAPITRE 5

LE DÉPART

Dernier dimanche de mes vacances à Saint-Paul. L'église est bondée. Le curé, du haut de la chaire, parle de ceux qui volent le bien d'autrui. Je ne peux pas m'empêcher de penser aux truites d'Octave Léveillée... Je donne un coup de coude à Mathieu qui me sourit béatement.

Le sermon s'éternise. Les paroles du prêtre ne m'atteignent plus. Une seule idée me trotte dans la tête : je quitte

Saint-Paul-de-la-Croix demain pour retourner à Montréal. Ma seule consolation est que je vais revoir Jacques, ma mère et mon père.

École, devoirs, ruelles moches, oiseaux chétifs et gris, voilà ce qui m'attend. Le curé a terminé son sermon. Suivent les prières en latin et les chants religieux. J'ai hâte de sortir. Il fait si beau !

Pour me faire plaisir, mon oncle a attelé sa jument Coquette et nous sommes venus à l'église en *boghei.* Tante Dédette, Pierrette et Carméla sont restées à la maison. Tôt ce matin, Marie est allée cueillir des fleurs dans le champ afin de préparer un petit bouquet qu'elle compte déposer sur la tombe d'Émile, après la messe.

Ite, missa est. Allez, la messe est dite.

Nous quittons notre banc pendant que l'organiste fait éclater les tuyaux de l'orgue. Très impressionnant ! Quelques notes sonnent faux, mais ça ne fait rien. Tout le monde est heureux de filer sous le soleil d'août.

Une fois rendus dehors, nous nous dirigeons vers le cimetière. Coquette, retenue à la clôture, broute l'herbe qui se faufile entre les barreaux. Marie saisit le bouquet de fleurs qu'elle avait posé temporairement sur un siège du *boghei*. Nous allons tous trois nous recueillir sur la tombe d'Émile. Marie verse quelques larmes après avoir déposé les fleurs sur la pierre tombale. Elle vient s'installer près de moi. Sa main douce frôle la mienne. A-t-elle fait exprès ? Alors, poussé par je ne sais quelle force, j'attrape la main de ma cousine. Mon geste me surprend. Voilà maintenant que je me mets à balbutier :

— Salut, Émile. Je pars demain, je penserai à toi.

Silencieux, nous quittons le cimetière pour nous rendre au magasin général de Philippe Chénard. J'abandonne la main de ma cousine.

Il y a foule dans l'établissement. Dans un coin, deux vieux jouent aux dames sous les regards attentifs de quelques jeunesses. On trouve de tout dans ce genre de commerce : tissus divers, chaussures, bottes, chapeaux, boîtes de conserve, allumettes, chocolat, etc.

Mon oncle achète des tuques en chocolat, des jujubes et un paquet de tabac à cigarettes. Il échange ensuite avec des connaissances. Philippe Chénard l'interroge :

— Le p'tit Gagnon s'en va demain, comme ça ?

— Ouais, y va nous manquer.

— Montréal ! Une ben grosse ville. On me paierait cher pour rester là. J'suis allé rendre visite à ma sœur qui habite à Pointe-Saint-Charles, le mois passé. Maudit, qu'j'avais hâte de r'venir à Saint-Paul !

Les hommes fument comme des cheminées d'usine. Ils parlent des récoltes et de l'automne qui approche. Les femmes touchent les précieux tissus que l'on vend à la verge, essaient de jolis chapeaux. Des enfants boivent des boissons gazeuses qui goûtent la fraise, la cerise ou même l'épinette !

Alors que Marie se tient près de son père, Mathieu et moi décidons d'aller au *boghei*.

— Y faudrait que tu reviennes pour les vacances de Noël. T'es jamais venu ici l'hiver. T'aimerais ça. On irait glisser dans la grande côte derrière l'étable, on ferait de la raquette, on tendrait des collets pour attraper les lièvres.

— J'vais en parler à papa et à maman.

Soudain, Mathieu arrête de parler et de marcher. Octave Léveillée est près de la jument Coquette et lui caresse le front.

— Qu'est-ce qu'on fait, Mathieu ?

— J'pense qu'y faut faire semblant de rien. Suis-moi.

Le cousin marche d'un pas déterminé.

— Salut, Léveillée !

L'homme ne répond pas. Il continue de caresser la bête sans s'occuper de nous.

— Une belle bête, hein ? interroge le cousin.

Léveillée reste muet comme un cra-pet-soleil. J'admire sa carrure de boxeur. Ses mains sont larges, épaisses. Mathieu et moi attendons qu'il se passe quelque chose. Enfin, le gorille se décide à parler :

— Pas pire jument. Mais j'en ai déjà vu des plus belles que ça.

Il s'approche de moi et me fixe droit dans les yeux.

— Le gars d'Montréal ! Y a-ti des truites en ville ?

J'avale de travers. Difficile de faire le brave devant un tel géant. Mathieu inter-vient :

— Arrête, Léveillée !

— J'ai le droit de parler à qui j'veux ! C'est pas un p'tit morveux comme toi qui va m'empêcher de m'informer. Y a-t-i des truites à Montréal ? J't'ai posé une ques-tion, l'jeune.

Mon cousin est furieux. J'ai peur qu'il tente de sauter sur Léveillée.

Je réponds :

— Je n'sais pas, Monsieur.

— J'suis content que tu sacres ton camp à Montréal. On n'aime pas les voleurs à Saint-Paul.

Mathieu est dans tous ses états.

— Tes truites sont malades. Sont pleines de vers. Elles puent avec ça.

— Quoi ? T'oses insulter mes truites. Gnochon ! Voleur ! Menteur !

La face du colosse est rouge comme les tomates du jardin de tante Dédette. Mon cousin entreprend une course folle autour de lui.

— Essaie de m'attraper ! Essaie de m'attraper !

Le gorille part à la poursuite de Mathieu qui a sauté par-dessus la clôture du cimetière. Les deux courent entre les pierres tombales. Mon cousin est rapide comme un renard. Léveillée, lui, est déjà à bout de souffle.

Brusquement, j'entends la voix de mon oncle.

— Qu'est-ce qui s'passe ?

Léveillée s'immobilise près d'un tombeau sur lequel est sculpté un ange immense. Mon cousin vient me rejoindre.

— Tu vas faire peur à ma Coquette, Léveillée.

— C'est la faute à ton gars ! C't'un maudit voleur !

— Pas plus que toi qui viens voler des légumes dans l'jardin de ma Dédette.

Le coup a porté. Léveillée se transforme en mouton.

— OK, Salomon, OK, j'volerai plus de radis, de choux dans ton jardin à condition que ton gars arrête de pêcher dans mon lac privé.

— J't'promets que si y r'tourne sur ta propriété, y va avoir mon pied là où tu penses.

Le géant quitte l'ange de pierre qui semble le regarder d'un drôle d'air et vient s'adresser à Mathieu.

— T'as compris, ti-gars ?

— Oui, piqueur de radis !

Léveillée nous quitte en grognant. Il fonce vers le magasin général.

Coquette va au petit trot dans le rang qui mène à la maison que j'aime tant. En avant, Mathieu tient les rennes pendant que mon oncle se roule une cigarette. Marie est assise en arrière avec moi. Ma mémoire emmagasine des images merveilleuses : champs à perte de vue, arbres fiers, maisons proprettes, clôtures de roches, noisetiers, oiseaux vifs, fleurs éclatantes.

Je constate que le ciel se couvre au loin. Il pleuvra demain. Comme d'habitude, mon imagination s'amuse : elle me fait croire que la nature de Saint-Paul est triste à l'approche de mon départ. Demain, elle pleurera à plein ciel.

Marie m'offre un jujube. Je pose mes yeux sur sa robe fleurie, ses cheveux dans lesquels est plantée une marguerite. Je sais qu'au fond de ma mémoire, la beauté de ce visage est collée à jamais. Nous arrivons à la maison. Boule, au milieu du chemin, jappe et court à notre rencontre.

ÉPILOGUE

Le train quitte la gare de l'Isle-Verte. Il pleut à torrents. Mathieu est sur le quai et salue de la main. Il est trempé jusqu'aux os. Mon oncle Salomon attend dans la Pontiac. Des milliers de gouttelettes d'eau glissent sur la fenêtre du wagon derrière laquelle je vois la dernière image de mes vacances. Je suis debout, près de ma banquette, les deux mains collées à la vitre. « Un homme, ça ne pleure pas ! » disait Mathieu...

Bientôt, la gare, la voiture et mon cousin ne sont plus que de vagues silhouettes. La locomotive m'entraîne, m'arrache à ces paysages du Bas-Saint-Laurent qui m'ont procuré tant de bonheur. Elle rompt un à un les fils invisibles qui m'accrochaient à tante Dédette, oncle Salomon, Émile, Pierrette, Carméla, Mathieu et Marie.

Je pense au retour à l'école, à la ville, aux ruelles… Une grande tristesse m'envahit. Pourquoi faut-il toujours que notre bonheur soit brisé ?

***

Quelques semaines plus tard, Mathieu reçoit une lettre. Assis sur une clôture de perches devant la maison, le chien Boule couché dans l'herbe jaunie à ses pieds et le visage caressé par le vent vif d'automne, il lit :

Montréal, 25 novembre 1957

Cher Mathieu,

Je t'écris afin de t'annoncer une bonne nouvelle : papa et maman ont accepté que j'aille passer quelques jours à Saint-Paul-de-la-Croix pendant les vacances de Noël.

Prépare les raquettes, les traînes sauvages et tout ce qu'il faut pour attraper des lièvres. Ici, tout le monde va bien et vous salue. J'ai très hâte de vous voir. Je pense souvent à Émile. Je l'imagine parfois au ciel en train de pêcher au bord d'une grande rivière pleine de belles grosses truites…

À bientôt !

Jean-Pierre

***

Saint-Paul, 5 décembre 1957

Cher Jean-Pierre,

Je suis bien content d'apprendre que tu vas venir nous rendre visite pendant les Fêtes. Ce matin, je suis allé dans le bois avec Marie afin de choisir le sapin que nous installerons dans la maison à Noël. Il est magnifique. J'ai accroché un gros ruban rouge à une de ses branches afin de le reconnaître. Je t'attendrai pour le couper.

La nuit dernière, il est tombé une bonne bordée de neige. Les traînes sauvages sont prêtes. J'ai vu des traces de coyote pas loin de l'étable.

Moi aussi, je pense souvent à mon frère Émile. Il me manque beaucoup. Il *aurait été content que tu sois avec nous à Noël…*

Je termine en te promettant que nous allons avoir beaucoup de plaisir ensemble.

Salut !

Mathieu

***

Par la fenêtre de ma chambre, je regarde la neige qui tombe à gros flocons. Je pense à Marie que je reverrai bientôt. Faudra bien que je lui trouve un petit cadeau. Un livre peut-être ? Un joli collier ?

Oui, c'est ça, un joli collier fait de coquillages comme celui que j'ai vu au magasin *Dupuis Frères* à Montréal.

J'ai pensé à un disque aussi. Marie aime bien écouter le chanteur d'origine espagnole, Luis Mariano, à la radio. Elle n'arrêtait pas de chanter *La belle de Cadix* et *Le chanteur de Mexico*, célèbres succès du chanteur, pendant que je l'aidais à laver la vaisselle à Saint-Paul. Ce qu'elle a pu me casser les oreilles ! Chaque fois que la cousine entonnait une des deux chansons, le chien Boule montait instantanément se réfugier à l'étage en gémissant. Souvent j'aurais aimé le suivre, mais je m'empressais de mentir à ma cousine en lui affirmant, sans rire, qu'elle avait une voix tellement jolie qu'un jour, elle deviendrait aussi célèbre que Mariano lui-même. Marie souriait alors en me jetant un petit regard coquin, sachant très bien que je mentais afin de lui faire plaisir.

Souvent, j'entonnais alors, pour rigoler, un air d'opéra de ma composition qui faisait trembler la maison et hurler d'horreur le pauvre Boule qui ne savait plus où donner de la tête. Quand Mathieu rejoignait le duo, alors là c'était la catastrophe. Tante Dédette intervenait en affirmant que, si nous ne cessions pas notre cacophonie, un tremblement de terre allait sûrement rayer de la carte toute la région.

Ce sont les dernières fois où j'ai vu Émile rire, assis dans la berçante de la cuisine, lorsqu'il en avait encore la force. Émile… sous la neige dans le cimetière de Saint-Paul, derrière l'église… pendant que je pense aux cadeaux, au beau visage de Marie, à nos folles chansons, à Boule… C'est si absurde tout ça. Je ne comprends pas.

La poudrerie lèche la fenêtre de ma chambre et s'amuse à créer toutes sortes de silhouettes étranges. Parfois, c'est fou, il me semble apercevoir celle d'Émile... Vaut mieux que je dorme !...

FIN

TABLE DES MATIÈRES